Die kleine DÜDIN

AF210923

Über den Autor:

Franz Peter Waritsch ist gebürtiger Österreicher und lebt seit 1982 in Schweden.
Nach seinen Fachstudien in theoretischer Physik in Wien, London, Darmstadt und Berlin arbeitete er zuerst als Lehrer in Berlin und später mehrere Jahre in der Schweiz. Seit 1987 leitet er die Lehrerausbildung an der Waldorfakademie in Göteborg.

Frühere Veröffentlichungen: Herausgeber der pädagogischen Zeitschrift *Utbildaren*. In seinem schwedischen Buch *Narren och Läraren*, 2001, begründete er eine neue Primitive Pädagogik, die den Versuch unternimmt, aus der Verwissenschaftlichung unseres Lebens heraus den Weg in eine neue Orginalität zu beschreiben.

Die kleine

DÜDIN

Wortwörtliches Deutsch

Von A bis Z

Eine erste Auswahl

Franz Peter Waritsch

Ipitri Förlag Schweden

Satz, Coverdesign, Herstellung und Verlag: Books on Demand GmbH,
Norderstedt

ISBN 3-8334-0366-7

Zum Geleit

Ich habe mich ins Wort verliebt.
Wir sind in dieselbe Wohnung gezogen.
Haben uns gegenseitig entdeckt.
Auch die wilden Seiten. Probierens nun.
Und nächstes Jahr wollen wir uns verloben.
Auf hoher See - haben wir verabredet.
Unter freiem Himmel.
Und dann werde ich dem Wort mein Wort geben.
Und hoffen, dass mich das Wort beim Wort nimmt.
Und wenn wir mal verheiratet sind, das Wort und ich,
dann gehts erst richtig los. Dann nämlich wird
Schluss gemacht mit allem bloßen Gerede
von den Dingen und über die Dinge.
Dann werden die Dinge selber anfangen zu erzählen.
Und zu guter Letzt wird das Wort seine lange Geschichte erzählen.
Nicht nur, dass es von Urbeginne an war und bei Gott war.
Alles wird es erzählen. Auch das Unbiblische, Außerbiblische, Vorbiblische.
Wie es sich entschlossen hat, zu den Menschen
zu gehen und herauszutreten aus den Tempeln.
Wie es dem Menschen die Zunge gelöst hat und ihm die Sprache verspro-
chen hat. Alles vom Anfang bis zum Ende.
Das wahre opus magnum der Menschheit.
Ihr Alpha und Omega.
Und alle werden überrascht sein zu hören, dass es gar nie einen Anfang
gegeben hat und auch nie zu einem Ende kommen wird.
Da werden alle bass erstaunt sein.

Eines noch:
Die Welt ist uneingeschränkt, weil das Wort es ist.
Alles finden heißt - alles zulassen.
Und ebenda beginnen wir.

Die Devise

Hier ist sie, die Devise: Das Wort kommt zu Wort.

Das heißt ganz einfach, dem Wort das Wort erteilen.

Ich denke nämlich, das Wort will auch mal selbst zu Wort kommen.

Zu diesem Zwecke schafft sich das Wort ein eigenes Wörterbuch.

Und bedient sich dazu - nicht gescheiter Köpfe, nicht einmal Poeten, nein.

Das neue Wörterbuch ist im Entstehen. Ist nie fertig.

Und was ist neu daran? Das eben ist das Geheimnis:

Wort und Begriff werden ein umgekehrtes Verhältnis zueinander haben. Das Wort wird sich die Begriffe suchen, nicht umgekehrt. Auch wird man sich an reine Wörter durchaus gewöhnen.

Wir haben ja Wörterbücher, haufenweise. In den dicken Bänden und Bandreihen geht es immer um die Bedeutung. Ums Festlegen. Ums kurze Zusammenfassen. Um die Einteilung.

Hier handelt es sich um Unterhaltung. Ganz einfach darum, sich mit Wörtern zu unterhalten. Sie zu fragen, wie's ihnen geht, was sie so treiben, wie sie sich fühlen und was sie besonders interessiert.

Und immer kommt da etwas Überraschendes dabei heraus.

Die Methode: Lass die Worte ruhig ausreden. Gleich tanzen sie, schütteln enge Gürtel und Kleider ab und spielen und toben wie die kleinen Kinder. Wähle sie kunterbunt, so wie sie dir in den Sinn kommen. Das Gehörte und Gesehene schreibst du auf und teilst es ungekürzt mit. Jedem.

Das neue Wortwerk hat auch schon einen Namen: **Die kleine Düdin.** Bislang hat der Duden die Szene beherrscht. Dem verehrten guten Konrad Duden, meinem Wahlonkel, hat das Orthographische imponiert. Das Rechtgeschriebene. Alles am rechten Ort. Und dazu noch recht und gleich an allen Orten. Nichts sollte jemals wieder falsch geschrieben werden. Ein für alle Mal. Und von allen. Den Kleinen wie den Großen.

In Zukunft geht es aber um die Stimmung. Um Farben. Und um die Bilder.

Apropos Bilder. Der gepriesene Schriftsteller Peter Handke hat unlängst den Bildverlust verkündet. Auf tausend Seiten.

Wenn man die zweihundertvier ungeschriebenen dazurechnet, wo dann des Meisters Bildverlust total war.

Das große Verliererwerk. Das opus magnum defektum.

Warum wird der Baum morsch, schwindet seine Kraft?

Weil er sein eigenes Bild verliert. Es entgleitet ihm.

Sterbende Bäume sind Alarm in der Lebenswelt. Leicht folgt darauf das Toben der Elemente. Der Flut folgt die Dürre wie dem Rausch der Kater.

Alarm auch für alle Pädagogen: Legasthenie kommt von Bildverlust.

Darauf folgen Leseverlust und Schreibverlust. Zum Schluss Lustverlust.

Ohne Bild kann nicht recht geschrieben werden.

Und alles beginnt schief zu stehen. Und schon haben wir ein neues Pisa.

Wo ein Ende da ein Anfang.

Nicht der Weisheit letzter Schluss. Ihr erster.

Hier wird der Bildgewinn verkündet. Auf achtundachtzig Seiten.

Wiedergewinn. Die Wiederaufbereitung des Wortes. Wiedervereinigung.

Die kleine Düdin hält sich auch zum Alphabet. Warum auch nicht.

Meinem Onkel zuliebe. Dass er sich nicht beleidigt fühlt.

Doch gilt hier nicht mehr: ein Mann, ein Wort.

Sondern: Das Weibliche zieht uns hinan.

Die düdischen Worte fühlen sich frei. Sie haben mehr Mut und Hingabe.

Das tut ihnen gut. Allzu sehr sind ihnen die Flügel gestutzt worden.

Nun dürfen sie wieder beschwingt sein.

Ausgelassen.

Unartig, um neue Arten zu entdecken.

Meine Freiheit ist mein Stil. Nicht aus dem Kopfe. Nicht aus dem Buche. Aus der Phantasie, mit Verlaub, folgt hier die erste Auswahl. Weitere folgen.

Alles ist Anregung. Reiz. Jeder solls versuchen. Jeder soll sein eigenes Wörterbuch schreiben. Jeder soll seinen Wortschatz schätzen und ausgraben lernen. Und daraus erschafft sich wie von selbst:
die große Düdin. Die uns allen gehört, weil wir sie gemeinsam erschaffen haben.

Am Ende des Büchleins sind leere Seiten ausgespart für Ihre eigenen Wortschöpfungen. Nehmen Sie sich irgendein Wort, das in Ihrem Inneren sich gerade aufhält oder rumort. Ein kurzes oder langes, ein kleines Nebenwort oder ein höchst bedeutendes, das spielt keine Rolle. Lassen Sie es ein bisschen austoben, mit seinen Verwandten und befreundeten Wörtern. Geben Sie ihm vor allem Zeit. Tun Sie es bitte nicht stressen.
Alles klingt vielleicht zuerst ein wenig verrückt. Doch werden Sie bald schon das Gefühl dafür bekommen, wann das gewählte Wort aus Eigenem zu erzählen beginnt. Das merken Sie dann, wenn Sie zu staunen beginnen. Schubsen Sie es nur an, sogleich fängt es an sich zu bewegen.
Denken Sie um Himmels willen nicht an Goethe oder Schiller. Gerade nicht. Nein. Die beiden Herren waren sehr erwachsen. Worte wollen spielen, wie die Kinder, und dabei sich und die Welt entdecken. Kinder drücken die wahren Geheimnisse des Lebens in ihren Spielen aus.

Und jedes Wort birgt ein Geheimnis - das nur Sie lüften können. Das klingt ungewohnt, ist aber so.

Viel Spaß!

Ihre Düdin

A

Abfall

Was fällt ab? Und eben auch wie viel.
Oder fällt jemand ab? Etwa sogar viele?
Das Fallen ist es nicht. Die Ursache!
Fallen ohne Grund wäre freier Fall.
Nicht grundlos. Gründlich.
Zurück zum Fall Abfall, dem Lösen
von der Masse, die vereint hält.
Vor dem Abfall kann alles noch
unentschieden sein: Ob gefallen
wird oder nicht. Da klammert sich
einer vielleicht krampfhaft dran,
muss dann aber doch ab.

Seit einiger Zeit gibt es nun eine Stadt ohne Abfall.
Sagen wir der Deutlichkeit halber eine Großstadt.
Keine Säcke, keine Haufen, schon gar keine Berge.
Alles wird aufgegessen, zerbraucht, bis zum Letzten.
Überall rein. Nichts liegt rum. Nicht die Spur.
Alles in ständigem Prozess. Die geringste Tendenz
wird abgefangen. Es ist vorgesorgt. Schachteln
gibt es nicht. Den Inhalt bekommt man direkt.
Niemand packt aus. Alles fließt in völliger Offenheit.
Neuartige Brunnen sprudeln alles, was vonnöten ist.
Es herrscht Überfluss. Das Nichtempfangene strömt weiter.

Das erste Stadtmotto: *Kein Verbrauch - nur genießen.*
Nichts zieht Spuren nach sich. Reine Freude.
Die Vergangenheit löst sich sofort auf. Die totale Gegenwart herrscht.

Man fühlt sich an der Quelle. Jeder freut sich. Ohne Unterlass.

Motto Nummer zwei: *Maß in allem.*

Ausscheidung wird direkt ins Leben übergeführt. Fällt auch nicht raus aus dem Ganzen. Reine Düfte sind die Folge.

Das Wort stinken ist aus dem Lexikon rausgenommen.

Von Gestank, Schmutz, alten Krusten oder dergleichen wird nur noch von den Alten im Märchen erzählt.

Wo Leute Sachen weggeschmissen haben. Und daran erstickt sind.

Und wieso's gerade die Stadt geschafft hat?

Nun, auch das ist belegt. Der Bürgermeister hat nicht mehr den Abfall versorgen lassen sondern alles für Abfall erklärt.

Da war eine große Verwirrung, zunächst.

Niemand wusste wohin mit dem Abfall.

Allmählich hat niemand mehr unterscheiden können, was denn nun Abfall war und was nicht.

Da war das Problem plötzlich nicht mehr da. Und dann kam die Freiheit.

Jeder dachte nach und erfand das Neue: das Ohne.

Nun heißt die Großstadt "Ohnehin".

Dorthin will nun jeder ziehen, um sein Glück zu finden.

Viele bleiben aber in den Vororten hängen. Dort muss man sich nämlich waschen lassen. Niemand kommt ungewaschen davon.

Gewaschen und gereinigt wird da Tag und Nacht, bis in den Unterkörper rein.

Dem Körper, von dem normalerweise nichts gewusst wird.

Dort wo die Seele herrscht.

Glaubt mir, ich habe sie gesehen, die Stadt Ohnehin.

Dorthin werden wir ziehen. Und wohnen und leben.

Und glücklich sein.

Ohnehin wird sie nie gefunden.

Angela

Die Engelsgleiche, vom Wort her.
Engel haben kein Gewicht und
sind normalerweise lautlos.
Der weibliche Angelos steigt herab,
wenn Zerklüftungen zu groß werden.
Wenn Scherbenhaufen entstehen, Zer-
würfnisse und der Unglaube herrschen.
Angela tritt gleichsam dazwischen, in die
Hohlräume der Macht, damit diese
kostbare Gabe nicht verrinnt.
Angelanische Taten sind meist ungewürdigte,
bald vergessene. Engel sind jedoch schon weiter
als der bloße Mensch. Sie können dem
Höheren dienen und treten zur Seite, wenn der Ruf erschallt.

Wenn jedoch das a fortschwebt, das n sich dranhängt,
und das Angeln beginnt,
wenn geworfen wird und gehakt,
dann kommt der Mangel.
Das a ist hinten ab, das M vorne drangekommen.
Dann wird gemangelt und bemängelt.
Der Engel abgestürzt ins Menschliche.
Das Letztere verleiht das M:
Mehr mit meiner Meinung mutmaßen.

Siehe auch: Angelogie und Politik (Band 3)

B

Bayern

Das Land liegt unten.
Kein Norddeutscher würde sagen:
Bayern liegt da oben.
Also Bayern unten.
Der Bayer selbst spricht nicht so viel
von anderen da oben oder unten.
Bayern liegt zentral.
Die Pranke vorn bereit, wie der Löwe.
Nach hinten abgestützt an den Alpen, sprungbereit.
Bayern war immer zum großen Sprung bereit.
Bayern liegt wirklich zentral.
Deswegen gibt es keinen Grund, von Verhältnissen auszugehen.
Das Maß ist eingebaut, immanent. Wird, wenn
nachgefragt, freundlich mitgeteilt. Jedem.

Bei Unklarheiten in der Bayernfrage kann man sich
an Bayern München wenden, was man in
Nordrhein-Westfalen oder Mecklenburg-Vorpommern
nicht kann.
Niemand kann sich bei Unklarheiten in der
Mecklenburg-Vorpommernfrage an
Mecklenburg-Vorpommern Schwerin wenden.
Der Bayer ist eben doppelt gefeit.
Und dadurch stärker.

C

Clemens

Clemens war Rauchfangkehrer.
Schwarz im Gesicht. Die Rußrute
über dem Rücken, auf dem Fahrrad,
von einer Gasse zur nächsten Gasse,
freundlich grüßend.
Zum Einlass gebeten, immer willkommen.
Von jedermann im Stillen bewundert.
Weil durch seine Hand, seinen Besen,
cccc....ccccc...ccccc....ccc....cccccc,
die dunklen Reste ungefährlich wurden.

Nun ist Clemens Bürgermeister.
Da hat er Sitzungen und jeden Tag neue Leute
von der Stadt, die klagen. Ihm den Ruß ins
Rathaus legen.

Was denkt Clemens nun?
Über das Leben und seine Taten?
In der Kindheit hat er oft
ein Feuer gemacht. Im Hof und hinterm Hügel.
Und da hat ihm der Himmel gesagt,
dass die Hölle immer ganz nah dabei ist.
Und das hat der kleine Clemens in
seinem Eifer nie ganz mitgekriegt.

D

Depp

Eher männlich. Der Depp!
Die Deppin, hat man kaum je gehört.
Von Deppinnen schon gar nicht.
Was ist ein Depp denn nun?
Natürlich einer, der so benannt wird,
von einem anderen. Ob er, der Depp,
wirklich ein Depp ist, ist ja gar nicht ausgemacht.
Da kann sich auch was sehr Kluges verbergen,
hinter dem Depp, wenn er nun wirklich ein Depp wäre.

Deppen laufen wahrscheinlich überall herum,
unter Nichtdeppen. Dazwischen herrscht Abstoßung.
Kaum Verständigung zwischen Depp und Nichtdepp.
Wann jemand verdeppt, ist schwer nachzuvollziehen.
Auch ist die Vererbungsfrage völlig ungeklärt.
Der Vater Depp und der Sohn auch, also Deppen
im Geschlecht, wäre medizinisch.
Weder Depp noch Verdeppungsgrad sind klar definiert.
Man sollte sich daher in Acht nehmen, sich selber
oder einen Mitmenschen ins Deppenlicht zu stellen.

Mehrere Deppen wäre schon eine heiklere Frage.
Summarisch eine Gruppe mit "die sind ja Deppen"
als Deppen hinzustellen, ist von vornherein abzuweisen,
weil dies nicht auf einer gründlichen Untersuchung bauen kann.
Also Vorsicht mit den Deppen.

Der wirkliche Depp hingegen ist zu bedauern.

Weil er es nicht weiß.
Dies wäre auch zu deprimierend.
Die Behauptung "jeder hat einen Deppen in sich"
lässt auch einiges offen.
Dass der Depp sozusagen so nahe sein könnte,
quasi unbemerkt, in uns drinnen hausen könnte,
kann aus verständlichen Gründen kaum verifiziert werden.
Das würde im Klartext bedeuten, dass das Deppensein
eine verborgene Eigenschaft der Bevölkerung wäre.
Demgemäß würden ja die allermeisten unter uns
ihren Deppen ganz verstecken oder unterdrücken
oder nur in stillen Augenblicken für sich alleine
hervorkommen lassen.

Ich Depp!, hat man andererseits ja immer wieder mal
jemanden spontan ausrufen gehört.
Da wird es offenkundig: dass es ganz natürlich ist,
dass wir alle Deppen sind.
Dass es nur sonst nicht offenkundig wird, weil wir, die Deppen,
natürlich dann niemanden haben, der uns als solche erkennt und
benennt.
Denn ein Depp sagt nie zu einem anderen: Du Depp.

Dreck

Wer will schon dreckig sein.
Sauberkeit gilt.
Etwas Dreck kann rasch beseitigt werden,
wenn der Dreck von außen kommt.
Im Dreck gestanden haben,
ist oft mit Sehnsucht nach dem Reinen verbunden.

Mitten im Dreck und weit und breit nur Dreck,
ist vom Zustand her gesehen praktisch hoffnungslos.
Wer noch dazu vom Dreck übermannt wird,
braucht Hilfe. Von den Reinen.

Mit dem Dreck umzugehen kann als Kunst bezeichnet werden.
Ohne Dreck sind wir einsam.
Dreck verbindet uns.
Die Arbeit mit dem Dreck erschafft die rechten Probleme.
Sie zu bewältigen führt uns zusammen. In den Gerichtssälen,
beim Golfspielen, im Büro und im Bett.
Der schöne Dreck ermuntert streckenweise.

Dreck in der Seele rückt dann schon bedeutend näher.
Da wird er zur Begegnung. Eigener Dreck.
Dieser entsteht langsam, täglich, wie jeder andere Dreck auch.
Wird rasch hinter die Ecke gestellt. Außer Sicht.

Nun hat der wachsende Dreck politisches Gewicht bekommen.
Quasi ein Ich.
Er muckt auf, hat eigene Auffassungen und will in die Verfassung.
Mit dem Dreck muss in Zukunft gerechnet werden.
Zuerst wahrscheinlich aus der Opposition, dann wird er
die Regierung übernehmen. Die dreckigen Geschäfte werden endlich
demokratisch behandelt werden können.
Das wird die große Erleichterung bringen.
Weil der Dreck endlich gerecht verteilt werden kann.

E

Ehe

Ehe. Eh und je. Eher.
Ehedem. Eh nix.
So weit die Silbe und ihre Verknüpfungen.

Ehe ist nun Nebenwort geworden. Die meisten Sprachbenutzer
glauben immer noch, dass ehe Hauptwort sei.
Es hat selbst die Entscheidung getroffen, das Wort.
War schon lange unzufrieden mit seiner angeborenen Kürze.
Ein Hauchlaut und der Rest Wiederholung. Von vorne wie von hin-
ten.

Das Verbale bleibt vorerst beim Alten:
Sie hat ihn geeht. Er sie auch.
Sie ist eingegangen, die Ehe.
Folglich kann auch geeht oder geehelicht werden.
Aber auch enteht.

Dass man eine Ehe schließt, ist vielfach schon als ein
gänzlich unpassender Ausdruck für den Akt des Anfangs
empfunden worden. Wer will denn schon ab- oder zuschließen,
wenn gerade geöffnet werden soll.
Von welchen Schlössern ist da eigentlich die Rede?
Luftschlösser?

Es wird nun nach einem neuen Wort gesucht.
Neue Zeiten, neue Wörter.
Ehe wird nur noch übergangsweise zur Verfügung stehen
und dann offiziell zurücktreten.

Die Ehre geben, jemandem. Wäre denkbar.

Da hätten wir zumindest ein r.

Und das Geben ist auch besser als fest umschlossene Burgen.

Habe die Ehre und ein Busserl aufs Wangerl tuts auch.

Elf

Unbeleckte Daten

11. Oktober

11. November

11. Dezember

11. Januar

11. Februar

11. März

11. April

11. Mai

11. Juni

11. Juli

11. August

Beleckte Daten

6. August 1945

11. September 2001

F

Fahrkarte

Am Schalter
- Entschuldigen Sie bitte. Ich möchte gerne eine komplette Fahrkarte mit allem Drum und Dran ins Ausland.
- Ja, wohin denn?
- Spielt keine Rolle.
- In Europa?
- Nein.
- Bulgarien, wäre doch was.
- Nein.
- Sie müssen sich schon etwas genauer ausdrücken.
- Ich möchte im Ausland herumreisen.
- Ohne Ziel?
- Ja.
- Sind Sie Deutscher?
- Nein.
- Pass?
- Ja, ausländisch.
- Also, Sie sind Ausländer?
- Wenn Sie so wollen.
- Wollen Sie nach Hause?
- Nein, ich fühle mich hier relativ wohl.
- Warum wollen Sie im Ausland reisen, wenn ich mal fragen darf?
- Ich bin Künstler und möchte Eindrücke sammeln.
- Wie viel wollen Sie bezahlen?
- In Euro?
- Spielt keine Rolle.

Drängen von hinten aus der Schlange. Ungeduld.

- Wie lange wollen Sie reisen?
- Ein Jahr.
- So was gibts doch nicht!
- Ach so, entschuldigen Sie bitte. Inland oder Ausland spielt eigentlich nicht eine so große Rolle. Hm … Am liebsten beides.
- Sie können ja in der EU herumreisen. Mit dem EU-Trip Super-Sparpreis.
- Wie meinen Sie?
- Ja, wie gesagt, Europa ohne die, die noch draußen sind.
- Das scheint mir zu eingegrenzt.
- Die Bahn kennt keine Grenzen.
- Zuerst mal möchte ich nach Asien rüber.

Einer in der Schlange tobt und ruft:
- Schickt doch den Ausländer da vorne zur Information! Der blockiert ja alles. Ich muss nach Indolfingen.

Schalterbeamter öffnet die Luke und ruft zurück:
- Sie stehen in der falschen Schlange. Gehen Sie doch bitte gefälligst zur lokalen. Können Sie denn nicht lesen! Hier ist der internationale Fahrkartenschalter.

Schalterbeamter schließt die Luke. Eine Einigung erfolgt nicht.

Fass

Das Wort Fass kichert und erzählt eine kleine Geschichte:

Ein Lehrer war dick.
Die Schüler nannten ihn das Fass.
Eines Tages kam der besagte Lehrer
ins Klassenzimmer und sah ein gezeichnetes Fass an der Tafel.
Er stutzte etwas und stellte dann folgende Frage an die Klasse.
- Welches ist der Unterschied zwischen mir und dem Fass?

… Schweigen …
- Ich will euch die Antwort sagen:
  Das Fass ist von Reifen umgeben, ich aber von Unreifen.

Die Schüler waren fassungslos.

Der Lehrer war von da an beliebt.

- Ist das nicht ulkig?, kichert das Wort Fass wieder.

Von da an befassten sich die Schüler mit dem Stoff und sahen vom Lehrerkörper ab. All das, weil der Lehrer die Fassung nicht verloren hat.

G

Ganz

Ganz und gar.
So weit ganz gut.
Ganz daneben.

Ja, was ist denn nun ganz?
Eben nicht halb, ganz einfach.
Ganz gut ist aber nicht ganz,
sondern eben nur ganz gut.
Mit ganz lässt sich also schieben.

Ganz unklar ist das Ganze nun
eben doch nicht. Nehmen wir:
Der ganze Mensch! Oder: Der ganze Haufen muss weg!
Zu pauschal, nicht wahr, finden Sie auch?
Sind Sie wirklich ganz dabei?
Ja, im Großen und Ganzen
hab ich Ihre Auffassung kapiert.
Ganz lustig.
Ganz nebenbei, was haben Sie da
wieder für eine Schrulle im Kopf gehabt?
Lenkt mich die ganze Zeit ab. Ganz uninteressant.
Das Ganze ist als schlechter Witz aufzufassen.

Besser vielleicht ganzlos, ganz ohne, also ohne ganz auskommen.

Von der Gänze wird hier gänzlich abgesehen.
Kann später ergänzt werden.

Gleichberechtigung

Die Atombombe wurde angeblich von einem Frauenteam
erforscht und gebaut. Auf Grönland.
Bisher geheim.
Die Schweizergarde in Rom wird ab 2005
von Frauen erstellt. Im Vatikan wird geübt.
Dies als Vorspiel für die größere Veränderung:
Die erste Päpstin 2010 im Visier. Auch schon vorgesehen.

Eileiter und Gebärmutter werden Männern implantiert.
Die ersten schwangeren Männer 2015.
Warum auch nicht.
Abschaffung von maskulin und feminin.
Der Brunnen oder die Scheune gibt es bald nicht mehr.
Artikel werden fortgelassen. Was unseren Ausländern
so zu schaffen macht.
Niemand wird mehr in den Brunnen geworfen
sondern inn Brunnen. Statt von der Scheune wird
vonn Scheune dRede sein.
Ein angehängtes n oder vorgestelltes d.
Reicht völlig.

Nach dem Ausgleich: der neue Mensch.
Niemand wird mehr fragen:
Was hat Brunnen für ein Geschlecht. Oder Scheune.
Der Wortsexus ist abgeschafft.
Das Ziel der ganzen Umstellung ist
die Abschaffung des homo sexus.
Alle Geschlechterei und aller Sexumtrieb
verlieren Sinn und Ziel.
Ungeahnte neue Verbindungen sind möglich.

Der neue Mensch harmonisiert nur noch.
Polarität ist im Höheren verschmolzen.
Wie Kinder gekriegt werden, will da
vielleicht noch jemand wissen?
Nun ja, das ergibt sich von selbst.
Lautlos, durch ein Küsschen.

Großmacht

Von groß kann man immer reden.
Wer groß ist oder weniger groß,
kommt dann ins Bewusstsein, wenn
die Größe im Kalkül gerechnet wird.
Größen hat es immer gegeben.
Größenordnungen auch.
Früher oder später steigt die Frage auf,
wie weit das Aufblasen und das Platzen
verwaltet werden können.

Eine noch wichtigere Frage ist die des Schrumpfens.
Wer am besten schrumpft oder wie man
so schrumpft, dass es gleichzeitig optimal wächst.

Das Schrumpfen wird als unbequem verscholten.
Wer schrumpft, sollte sich schämen, wird einem
oft in den Mund gelegt.
Schrumpfende Größen oder schrumpfende Mächte
haben meistens Probleme. Weil die Größe nachhängt.
Oder sind da die Größen einander falsch zugeordnet?

Nun zu der Kleinmacht.
Nicht zu verwechseln mit Großschwäche.

Der Goliath haut zu. Aber daneben.
Der David misst und schleudert.
Und gewinnt.

H

Höhlengleichnis

Während man sich
in der Höhle umsehen kann,
ist dies in der Hölle nicht möglich.
Die Höhle ist nach einer Seite offen,
die Hölle nicht.
Aus der Höhle kann jeder gewöhnlich
herauskommen. In der Hölle sitzt man fest.
Höhlenmalereien sind mit Höllenmalereien
kaum zu vergleichen. Die Hölle ist zwar mehrfach
gemalt worden, jedoch nie von Insassen.
Höhlen sind seit jeher frei gewählte Wohnorte,
Höllenaufenthalte aufgezwungene.

Warum hier verglichen wird?
Das kann große Bedeutung haben.
Wenn nämlich in die Hölle viele H's (sprich has)
einzuschleusen es gelänge, und die vielen Doppelells
dort ausgeschaltet werden könnten,
könnte ein angenehmer Hauch von H's durch die Hölle
ziehen und außerdem hätten die in der Hölle Schwitzenden
die Möglichkeit, diese zu verlassen, weil durch den Abtausch
der L's durch die H's aus der zur Höhle gewordenen Hölle
höhlengemäß direkt ins Freie geschritten werden könnte.
Alle, die in der Hölle sitzen und harren, könnten befreit werden.

Ist dann das Wort erst einmal abgeschafft, kann sie, die Hölle,
nicht mehr lange bestehen.
Nach der Abschaffung wird man kaum noch verstehen, wie sich

ein Teil der Menschheit während so langer Zeit einer unnötigen Illusion ausgesetzt hat.

Der Höhlenmensch ersetzt den Höllenmenschen und wir können uns des Neubeginns eines freieren Zeitalters erfreuen.

Das ist das neue Höhlengleichnis.

(Erläuterung: Das überschüssige L, das Schuld an Glut und Marter trägt, wird von den Hölleninsassen durch Verschlucken beseitigt, wodurch Lüsten, Lastern und Leidenschaften jeglicher Anfang entzogen wird. Der so entschuldigte Mensch wird noch eine Weile die renovierten Höhlen bewohnen, bis die platonischen Schattenbilder, diese letzten höllischen Überbleibsel, endgültig verbleichen. Schließlich wird der schuldlose Mensch aus eigenem Anstoß hinaus ins Freie treten, um sich alles selbst anzusehen. Damit wird auch das griechische Erbe mit seiner erfundenen Furcht vor der Unterwelt abgeschüttelt.)

I

Ich

Ich gehört zu den kürzesten Wörtern.
Ei etwa wäre noch kürzer.
Po auch.
Was das Ich interessant macht,
ist die Verborgenheit im Eigenen.
Es kommt nie ganz heraus.
Ist gleichsam im Drinnen drinnen.
Der Stein wird betrachtet.
Er kann sich jedoch kaum selbst betrachten.
Weil Stein schon als Wort zu lange ist. Zu ausgebreitet.
Ei, von der Kürze her, könnte für Selbstbetrachtung
in Frage kommen. Ist aber doch zu kurz.
Liegt demnach vor dem Ich, als Wegbereiter.
Und Po? Nun, auch der Po kann das Eigene nicht behalten.
Er gibt ab. Abtreiber. Scheidet aus - für die nähere Eigenfindung.

Im Ich haben wir sozusagen den Schlüssel.
Es schaut raus und auch rein, das Ich.
Es gehört zu dem Wenigen, das nicht gekauft
zu werden braucht, weil es von vornherein gehabt wird.
Seine Größe ist verschieden.
Wer das größte Ich der Welt besitzt, ist nicht festgestellt.
Das kleinste muss es auch irgendwo geben.

In Zukunft wird eine Ichreform kommen.
Dem Ich wird eine neue Rolle zuerkannt.
Man wird etwa gefragt werden: Haben Sie Ihr Ich reformiert?
In den neuen Formularen kann angekreuzt werden: Ja oder nein.

Das reformierte Ich wird unantastbar für Eingriffe.
Immunität gegenüber allen Behörden.
Die Freiheit des Ich verkörpert sich nach der Reform.
Wird vom Körper unabhängig.
Und dann ist das Ich nicht mehr drinnen. Unversteckt.
Sondern geöffnet.
Der Wettlauf ist gewonnen.

Epilog
Die Biene hat zwei Mägen,
den Gemeinschaftsmagen und den fürs Ego.
So wird der Mensch sein reformiertes Ich allen zur Verfügung stellen,
oder es für eigene Zwecke einsetzen können.
Wenn das ganze Volk reformiert ist, kann der Staat abgeschafft werden.
Die Bienen haben keinen Staat. Sie leben ohne Staat, weil sie Staat sind.

Identisch

Mehr als gleich.
Also total gleich oder die Gleichheit
in sich vollkommen.
Die Verdoppler sind am Werke.
Wettlauf. Das Manipulieren fängt meistens bei
der Maus an, irgendwann dann das Schaf,
und zu Weihnachten das Doppelschwein.
Zwischendurch, wenn das Geschrei des Pöbels anschwillt, die Ratte.

Entzwei das Ganze. Ein Teil im Spiegel des anderen.
Die Schöpfungsgeschichte auch biblisch verdoppelt.
Jetzt nah und lupenrein. Es existiert. Da.

Wenn jemand fragen würde, wozu das Ganze, wäre die Antwort:
Eben nicht das Ganze, sondern die Teilung.
Viele Ganze ist gerade was wir brauchen,
um das Ganze wieder zurechtzurichten.
Der gesunde Mensch wird ausgekrankt.
Es lebt sich besser ohne Plage.
Das sinnlose Sterben wird aufgehoben.
Die Geschwüre allesamt entfernt und
durch die immunen Doppler ersetzt.
Die neu besetzten Körper leben sich besser und länger,
in der Zukunft ewig.
Wer nicht mitmacht, bleibt im alten Sumpf stecken und wird
kaum ein Mitglied der Evolution sein können.

Siehe auch: klonen, ungeklont, ethisches Klonen, geklonte Zellen,
geklonte Stammzellen. (Band 2)

J

Ja

Eindeutig zustimmend.
Ein superkurzes Wort.
Kann aber auch ausgedehnt werden.
Viel mehr kann eigentlich nicht gesagt werden
zum, über das, vom ja.

Wäre noch zu überlegen, was die Vielheit bringt.
Zwei ja's, weiß man: Ehe.
Ab drei wirds fast zu viel. Wir sprechen da von Ja-Sagerei.
In der Pluralisierung liegt bereits der Keim zum Masseneffekt.
Anhängertum, Mitläuferei.
Sagen alle ja, sagt ja niemand nein.
Sind die Einzeljas weg, kommen wir zum anhimmeln.
Massenzwang, Massengeständnisse, Beifallsstürme.

Jaja.
Weicht vom ja etwas ab. Kann einem natürlich einfach so rauspurzeln.

Ach ja.
Davon gehts schnell hinüber zum Jammern.

Nun ja.
Unter Floskeln einzuordnen. Mehr oder weniger nichts sagend. Könnte ohne größeren Aufhebens aus der Sprache abgetrennt werden.

Wäre noch: Na ja.
Reiner Lückenfüller. Auch völlig bedeutungslos. Auszugrenzen.

Bleibt noch das stumme Nicken mit dem Kopfe. Wenn man sprachlos ist. Sieht man öfters, wenn zwei Personen über einen Dritten nörgeln. Der Zuhörende bestätigt des anderen Nörgelei mit eifrigem Auf- und Abbewegen des Kopfes. Bis alles umgekehrt weiterläuft.

Siehe auch: vielleicht, wahrscheinlich, offenbar schon, durchaus, vermutlich, anzunehmen, ziemlich sicher. (Band 4)

K

Kohl

Kohle und Stahl.
Ohne Kohle keine Kohlen.
Der Kohleabbau.
Und der Aufbau der
Gemeinschaft.
Kohlanbau gab es immer.
Kohlhäupter in Hülle und Fülle,
um schwierige Zeiten durchzustehen.

Da kam der wirkliche Kohl.
Und hat die Lage erfasst.
Dass Kohle für Dauer sorgt,
im Ofen und in den Taschen.
Der eigenen und der volksgebundenen.
Kohl war gleich Wohl.
Oh, wie wohl.
Wenn die Kohle verbrannt ist,
und der Scheiterhaufen auch,
dann kommen andere Zeiten.
Ohne-Kohl ist nach Mit-Kohl.
Kohl an den Nachmittagen.
Die lange Nachglut. Das Flackern.
Die Unruhe. Und schließlich die Asche.
Aufs Haupt. Und die Segnung. Und dann:
der Friede. Das Grab. Die Stille.
Und dann die Erinnerung. Das Gewesene.
Und wer da noch was will: die Verwesung.
Alles in einem großen Zyklus.

L

Leere

Leere und Zweifel sind verwandt.
Beiden kann man sich hingeben.
Beider Wirkung schadet dem Menschen.
Doch nur scheinbar.
Aus der Leere kann so manches aufsteigen.
Großartiges zum Beispiel.
Alten Weisheiten zufolge gilt es nur
auszuharren in ihr. Ja, sie sei sogar
Gabe des Schöpferischen. Der letzteren Vorbote.
Die Kunst des Leeren beginnt meist mit dem
Ausleeren. Eben bis wir leer sind.
Darin erlebt sich die große Erleichterung.
Leer sein, leicht sein. Unbeschwert.
Die plötzliche Barheit wandelt aus sich heraus
die Lehren aus den Leeren des Lebens hervor.
Der leere Mensch kann sich im
Anfang aller Dinge fühlen. Gleichsam neugeboren.
Der volle Mensch ist am Ende.
Deshalb ist die Leermachung der Auftakt
zur neuen Schöpfung.
Der Entleerung sollte man nicht aus dem Wege gehn.
Die große Menschenleere birgt Zukunft.
Der Leere zweifelt nicht mehr.

Liegesitz

Typisches Doppelwort.

Man sitzt hauptsächlich und liegt nebensächlich.

Eine Abart des Sitzens. Wer ein Beispiel will: Zahnarzt.

Vom Stehen ist nicht die Rede.

Vom Laufen schon gar nicht.

Fliegen dagegen kann sitzend und liegend
vorgenommen werden.

Es liegt eine bestimmte Raumeinnahme vor.

Nicht so lange her haben die Menschen sitzend geschlafen.

Man war rasch aus den Federn bei Brand oder Überfall.

Rembrandt lag nachts sitzend. Viele Skizzen sind dabei entstanden.

Sein kurzes Bett kann man in Amsterdam besichtigen.

Schuhmacher liegt sitzend oder sitzt liegend.

Gewinnt in beiden Lagen.

Sein Geheimnis ist, dass er nach jeder Runde vom Sitzliegen
ins Liegesitzen wechselt - ein haarfeiner Unterschied -
und sich dabei ständig erholt,
während die Konkurrenten steif weitersitzen.

Vergisst er die Umstellung, verliert er.

Der wahre Liegesitz ist Kippstellung.

Da kommen die Inspirationen.

Weil der Raum es schwerer hat einzugreifen, sich quasi aufhebt.

Alles wird leichter.

Wer will nicht ein leichtes Leben führen?

M

Müde

Der, die, das Müde ist unfrisch.
Alt muss er, sie, es nicht sein.
Nicht unbedingt.
Dem, der, dem Müden kann verfallen,
wem, was die Erfrischung abhanden kommt.
Die Letztere wird gar nicht erst vorgelassen.
"Ich bin eigentlich nie müde!" Was für eine Behauptung!
"Ich bin praktisch immer müde!" Da stimmt schon was nicht.

Bist du auch so müde?
Und was sagt denn der Arzt?
Das sei eine Zeiterscheinung.
Wenn einen immer was aus der Zeit ziehe.
Ein Leben auf Halbzeit. Halb draußen, halb drinnen.
Nie ganz. Immer halb.
Das schlürft so dahin. Kränkelt fast, könnte man sagen.
Alles ist zu viel und nichts zu wenig.
Bis die kalte Dusche kommt.
Der eiskalte Schauer. Der falsche Hahn am Morgen.
Der Kurzschluss.

Von Müdigkeit stirbt man nicht.
Von Müdigkeit lebt man nicht.
Sie lähmt. Sie gähnt. Sie wähnt - fasst aber nicht.
Fasst weder, noch kann sie gefasst werden.
Nähert sich schleichend.
Jeden Morgen eine Scheibe dazu.
Und abends das dicke, lange Essen.

Überessen. Weiteressen. Dazwischenessen.

Im Kühlschrank poltern, bis ausgepoltert ist.

Und dann noch der runzlige Spiegel.

Er spiegelt ohne Unterlass. Nichts Neues.

Von früh bis spät. Auch nachts beim Vorbeihuschen.

Spiegelt die Rauchfahne, den Dunst und alle Stoppeln am Körper.

Müdesein ist weder Dummsein noch Gescheitsein.

Es ist die üble Mischung von beiden, den Gedanken und den Säften.

Ist weder Krankheit noch Gesundheit.

Weder Bedrohung noch Beglückung.

Nicht Gespräch noch Schweigen.

Auch eigentlich kein Gefühl.

Müdigkeit gleicht dem Abschied ohne zu scheiden.

Darum schlage ich vor sie abzuschaffen.

Mehr noch: Ich schlag sie tot.

Um zu leben.

N

Nagel

An ihm hängen sie.
Die Hose. Die Tasche. Die Schnur.
Zunageln. Zugenagelt.
Vernageln. Vernagelt.
Fingernagel. Zehennägel.
Am Knie kein Nagel.
Am Bauch auch nicht.
Alles ist nicht vernagelt.
Den Hammer zum Schlagen.
Die Zange zum Ziehen.
Mit Nagelzange gezogen.
Auf den Nagelkopf geschlagen.
Zielgerecht schlagen.
Den Nagel auf den Kopf getroffen.
Den Nagel am Kopf gezogen.

Der krumme Nagel kommt
dem Misserfolg gleich, warum auch
an diesen, den krummen Nagel,
mancher Beruf gehängt wird.

Vom Nagel zur Nadel.
Er männlich. Sie weiblich.
Der D-Laut stößt vornab ins Luftige,
der G-Laut hakt im Schlund fest.
D ist zierlicher und stichbereit.
Nadeln sind fast ausnahmslos kopflos.
Sie stechen zwar, gehen aber frei durch die Lappen und Maschen

und sind sofort wieder stichbereit.
Nägel sitzen fest im Brett und rosten.

Man sieht die Ganzheit.
Das eine braucht das andere.
Wir können ja nicht immer so herumsticheln,
müssen auch mal tief ins Brett einrammen.

Nüchtern

Vom Schwips ist es nicht so schrecklich weit zum Rausch.
Beschwipst findet sich die Idee leichter.
Berauscht ist verloren. Räusche sind das große Vergessen.
Schwipse sehen noch die rote Nase im Spiegel.

Wer immer nüchtern ist, kennt die Ernüchterung nicht.
Das Gleiten auf dem Wasser unbekannt.
Nur den sicheren Standpunkt auf dem Trockenen, in der Stube.
So weit, so gut. Doch das Bessere?
Die Fahrt ins andere Land.
Wo der Fluss den Halt gibt.
Der Sturm die Sicherheit.
Das Wort die Tat.
Glaube Wissen.
Wen es dorthin drängt, dem klingt der wahre Ruf ins Ohr: Mensch.
Kennst du den Menschen, den irrenden, den blinden, den vorläufi-
gen?
Warst du dabei, als alle mit ihren Nummern an den Start gingen?
Was für ein Geschrei! Welch ein Tumult!
Alle liefen davon. Der große Trubel. Die weltweite Verwirrung.
Ein Zerren und Ziehen. Massenflucht.

Alles wie im Traum. Und die Glocken klangen überall.
Und die Menschen überkam ein großer Rausch. Der Urrausch.
Der Rausch der Dinge. Und die Erinnerung verschwand, ging unter.

Da setzte der Pfropfen sich. Und die Reise kam ins Stocken.
Geronnen. Vertan.

Und nun sitzen wir allesamt mitten im Übel der Migräne.
Beschwipst oder berauscht. Oder beides.
Nur der Nüchterne wähnt sich nüchtern.
Greift nie zur Flasche. Und kein Geist steigt ihm aus ihr heraus.
Das Lebewohl, zum Wohl, kennt er nicht.

Der Nüchterne hält uns alle fest. Lässt uns
nicht los. Mahnt uns. Verspricht. Legt aus. Legt vor.
Er trägt sie. Er hält sie fest. Kommt nicht von ihr los.
Der Schuld.
Dieselbe Schuld, die wir anderen Beschwipsten schon längst über-
wunden.
Er trägt sie uns immer neu vor. Laut. Und alle hören wir zu.
Gebannt.
Verbannt.
Er hat den Zaubertrank vergessen.
Er schläft auch nicht, noch träumt er.
Er hat die Wissenschaft erfunden. Immer nüchtern.
Er ist Forscher. Weiß alles.
Und weiß nicht, was er anstellt.

Ö

Örtchen

Dort kommt von Ort.
Beides ist bestimmt. Das dort wegen
des Ortes und umgekehrt.
Auch der Hort ist örtlich festgelegt.
Auch er wegen des Ortes an dem er hortet.
Fort springt jeder der nicht mehr am Ort bleiben will.
Deswegen ein f vorneweg.
Wer bohrt, ist auch ortfixiert.
Das h ist nur eingeführt, damit der Nachbar nicht so gestört wird.
Beruhigt das sonst zu laute Borren.
Auf schwedisch heisst Bohrer: borr.
Da sind die Nachbarschaften freier.
Auch wer hortet, meinetwegen Millionen,
hat die Dinge s-ort-iert, sonst würden sich die
unglaublichen Geldmengen ja in Luft auflösen.

(Solche Zusammenhänge werden von den allermeisten nicht gewusst.
Der Deutschsprechende ist demnach seiner Sprache sprich-wörtlich
unkundig. Bedient sich lediglich der Lautmechanismen und wirft mit
Worten herum, ohne dem Wort auf der Spur zu sein. Alles bleibt daher
spurlos. Aber getrost, die Düdin spürt die Spur wieder auf.)

Nun zur Verniedlichung. Dem Örtchen.
Kann natürlich wie Häuschen, Stühlchen oder Püppchen
als der Kindeswelt zugehörig empfunden werden.
Man sieht aber sofort, dass die Variation Häuslein,
Stühllein und Püpplein das Örtchen zwar zulässt aber entfremdet.
Örtlein sind unbrauchbar. Wer sucht sich schon ein Örtlein.

Örtchen dagegen haben die gewünschte Eigenschaft. Sie sind still.

Sie werden ausersehen. Jedes Mal neu.

Der Mensch hat das natürliche Bedürfnis sich zurückzuziehen.

Er kann nicht permanent öffentlich sein.

Einsam und in der Stille wird das abgemacht, was sich angestaut hat.

Ein wichtiger meditativer Prozess, der nur ungestört glückt,

am stillen Örtchen.

P

Protz

Jeder möchte frisch sein. Von Leben strotzen.
Im Überschuss oder Überfluss der Lebenskraft sein.
Seelisch strotzen dagegen macht müde. Warum?
Weil die Demut abhanden kommt.
Wie also mit Strotzigkeit zurechtkommen, ohne sich zu verstrotzen?

Die Maus könnte nur strotzen, wenn sie die Angst abschüttelte.
Maus mit Ausstrahlung wäre die Folge. Sie würde sozusagen trotzen.
Der Angst zum Trotz Strotzin werden. Und die Katze ums Ohr
hauen.
Durch die unerwartete Ausstrahlung.
Die Steigerung des Strotz wäre der Protz. Davon kann die Maus nur
träumen.
Tut sie sicher zwischendurch, wenn der Käse nachts unbewacht und
abgedeckt in der Vorratskammer einfach daliegt. Da kommen kleine
protzige Augenblicke. Bis die Angst und das Zittern sie wieder übermannen.

Trotzen und Strotzen sind eng verwandt. Trotz ist ja nichts anderes
als gestauter Strotz.
Das S tut da das Seine dazu.
Der Protz oder gar die Protzin sind dann schon eher ausgefallen. Fast
lächerlich.
Weiter abwegig ist das Frotzeln. Stark negativ, weil da Bewusstsein
sich dazugesellt.

Man entdeckt relativ schnell, dass stets Rotz den Kern des Wortes
ausmacht. Vom selbigen weiß man, dass er sich in der Mitte des An-

gesichtes, in der Nase aufstaut und lagert. Hat stark mit dem Gefühl zu tun.

Viel Rotz, viel Emotion, großer Taschentuchverschleiß. Kann zum Problem ausarten.

Wir sehen hier in der Grundsilbe den Versuch der Sprache, Absonderung, Aussonderung zu signalisieren.

In Österreich kan mitunter ein junger Lümmel mit Rotzer angesprochen werden.

Getrotzt, gestrotzt, geprotzt oder gefrotzelt hat sich seit jeher verstanden als übertriebene Äußerung. Alles, was übertreibt, treibt ab und sondert sich auch früher oder später ab.

Damit ist der Kreis geschlossen. Die Wortbildungen rund um den Rotz gleichsam verständlich dargestellt.

Wohlgemerkt, der Protz hält die Mitte.

Ein bisschen protzen ist also durchaus angebracht.

Q

Quatsch

Ein eigenartig zusammengewürfeltes Wort.
Fast möchte man sagen Mischmasch.
Grund dafür: das Q.
Patsch zum Beispiel ist viel deutlicher.
Man weiß, dass es dann und wann patschen kann.
Überhaupt ist das Q schon von vorneherein in
sonderlicher Stellung im Alphabet.
Nach dem P wäre das R natürlich.
Wir haben ja schließlich das K, das die Rolle
des Q ohne weiteres übernehmen kann.
Ein Kwerschläger ist das Q.
Die Kwelle würde genauso sprudeln
wie die mit dem Kreisrund und
dem komischen Stäbchen rechts unten.
Kommt kwasi auf dasselbe heraus.
Alles nur Gewohnheit und Sprachschlendrian,
dass da dieser runde Glotzer überall auftauchen muss,
mit seinem Kwerstecken.
Jahraus und -ein müssen unzählige Primaner
mit diesem Laut und seinem ausfälligen Schreibzeichen
herumkwengeln.
Nichts gegen Sonderlinge. Aber doch dann bitte wirklich
abgesondert und ausgesondert.
Ein zweites Alphabet meinetwegen. Das Sonderalphabet.
Kwoten, Kwecksilber, Kwitte oder Kwark,
auch kwietschen oder kwetschen - alles wird normalisiert.

Wer dieses Gebilde wirklich eingeschleust hat in die
sonst so genialen Schriftformen, ist völlig ungeklärt. Unfassbar.
Niemand hat bisher diesem Schönheitsfehler nachgeforscht.
Man sehe sich das Q nur näher an! Muss ursprünglich eine Ziffer
oder dergleichen gewesen sein. Sieht aus wie eine Spermie.
Ob etwa einem beschwipsten lüsternen Mönch am Schreibepult gar
das Vergehen zuzuschreiben wäre? Diese Klarstellung müsste endlich
einmal vorgenommen werden. DNA-Test an Schriftrollen etwa.
Sonst ist es überhaupt nicht möglich, solche Wörter wie Kwatsch
wirklich in den Griff zu bekommen.

Wie? Das Ganze sei Kwatsch? Hier werde unnötig gekwatscht?
Von wegen!

Hinweise: Kwellenforschung Bd IV, Westheimer-Güriger, 2002

R

Reden

Zur Lage der Nation.

Liebe Bürgerinnen und Bürger,
liebe Ausländer und Inländer,
liebe integrierte Einwanderer und extrahierte
Auswanderer,
liebe arbeitende und liebe nicht arbeitende
Mitbürger und -bürgerinnen.
Und an alle, die noch dazugehören oder dazukommen werden.

Die Lage der Nation hat sich geändert.
Sie ist nicht mehr, was sie einmal war.
Ihre Stimme kann deshalb nicht ungeteilt
aus einem Munde ertönen. Nicht heute
und noch weniger morgen.
Die vereinenden Bande sind nicht
mehr dieselben, die sie waren.
Der Platz auf dem Globus hat sich verschoben.
Wo wir heute stehen, kann niemand genau sagen.
Das und vieles andere, liebe Bürgerinnen und Bürger,
hat mich veranlasst, selbst das Wort zu ergreifen.
Ich, die Nation selbst spreche zu ihnen.
Alle Reden an die Nation waren ja,
seit es sie gab, an mich gerichtet.
Nun scheint der Zeitpunkt gekommen,
zu antworten, was zu verantworten mir obliegt.

Mein Dasein zu beschreiben, meine Lage, war Gegenstand vieler
Geschehnisse im Laufe der jüngeren Geschichte.
Bis zum heutigen Tage war niemand auf die Idee gekommen,
mich selbst zu bitten, meine Lage darzulegen.
Nun tue ich es, im vollen Bewusstsein der Tragweite
dieser einzigartigen Handlung. Denn welche Nation
hat schon aus sich heraus zum Wort gegriffen!

Lassen Sie mich gleich vorausschicken, dass
meine Stunde geschlagen hat, und schon morgen,
im Rückblick, geschlagen haben wird.
Einst ein blühendes, selbstbewusstes,
mächtig strebendes Gebilde, waren meine Abwege
in die Nazion zerrüttend. Alle die mitmachten,
sind an dem Schicksal erwacht.
Teilung und Wiedervereiningung sind
im Spiegel der Zeit wie das sich entwickelnde Leben der Zelle.
Das Streben nach höheren Einheiten weicht nun jedoch
dem Komplexen, der Vielheit.
Der Platz für den stolzen Eigenbrötler ist nicht mehr gegeben.
Ich habe gewacht und abgewartet. Die Zeit mit ihren
Irrfahrten hat Spuren hinterlassen, tief greifende.
Nun stehe ich da und nehme Abschied von der Bühne.
Das eben ist meine Botschaft.
Die Form zerrinnt, neue Formen erstehen. Doch ohne mich.
Mein Glanz ist erloschen, meine Stützpunkte unbrauchbar geworden.
Ich kann sagen: Ich wurde nicht abgeschafft,
ich habe mich selbst abgeschafft!
Der Blick in die Zukunft, liebe Bürgerinnen und Bürger,
ist mir getrübt, die Grenzen meiner Sicht undeutlich und ohne Sinn.

Ich danke Ihnen für das Vertrauen und die langen Lehrjahre der
gemeinsamen Geschichte. Ob wir stolz sein können,

werden die Nachfolger besser beurteilen.

Meine Hymne, denke ich, sollte noch übergangsweise eine gewisse
Zeit gespielt und gesungen werden. In Zukunft wird anderes gesungen.

Das Gefühl meiner Auflösung ist getragen von den großen
Impulsen, die unser Dasein durchströmen.

Lassen Sie diese Ansprache in Ihren Herzen weiterleben als
einen Neuanfang, einen Sonnenaufgang in eine neue Zeit.

An meinen Platz tritt das neue Zeitalter der Poesie,
die keine Grenzen kennt und doch die Herzen wachrüttelt und verbindet.

Weitere Hinweise:
www.dr.de/zeitenwende/neubeginn/wandel-2004

Riss

In der Hose oder wo auch immer.

Es geht auseinander. Sozusagen ruckartig.

Vielleicht schrill oder kreischend.

Jedenfalls aufschreckend.

Vor und nach dem Riss teilen sich die Meinungen.

Denn wer reißt oder gerissen hat, bleibt oft ungeklärt.

Alles starrt auf den offenen Zustand.

Dem Plötzlichen sind wenige gewachsen.

Darum diese schreckensvolle Stille.

Sich verhalten ist gar nicht so leicht,
weil er, der Riss, ja in vielen Fällen noch gar
nicht abgeschlossen ist. Im Moment zwar. Im nächsten kann
bereits ein totaler oder zumindest noch größerer entstehen.

Alles im Ruck. Wie zeitlos. Außerhalb jeglicher Norm.
Bar des Fortlaufenden. Scheinbar ohne Gesetz.
Aus der Nähe einem Riss ausgesetzt sein ist eine Prüfung.

Ruf

In der Wüste.
Dieser Ruf hat kein Echo.
Der ausgebreitete Sand,
ob gedünt oder glatt,
gibt so etwas nicht her.
Nimmt ihn und lässt ihn versanden. Den Ruf.
Ruf ohne Widerhall ist schlecht.
Der verschallende Ton,
das Kurzlebige, eignet sich
kaum für die freie Unterhaltung.
Man denke an Schall und Rauch.
Der Ruf kann gut gerufen sein,
aus voller Kehle, und doch
sein Ziel verfehlen.
Anruf genügt eben nicht.
Gut gerufen ist noch kein guter Ruf.
Nun kann der Ruf aber herandringen,
sich gleichsam eines bemächtigen.
Die Folge ist Berufung.
Dies wäre der innere Ruf.
Auch er kann versanden.

Rund

Rund um die Uhr.

Das geht immer weiter.
Nonstop, wenn Sie so wollen.
Wenn das eine fertig ist, kommt das andere.
Bis das andere das eine eingeholt hat.
Da warten sie dann beide, das andere und das eine.
Im Galopp oder im Schleichtempo, spielt praktisch keine Rolle.
Auch nachts. Mit dem Kühlschrank zusammen.
Seinen leeren und vollen Fächern. Mitten in der Nacht.
Gott sei Dank ist er weiß und nicht schwarz.
Im Dunkeln nach einem schwarzen Kühlschrank tappen wäre
doppelt erschwert.
Also, wenn der Unschlaf rundum weiterdreht.
Blick und Griff hinein. Das Auf- und Zuschnappen.
Das unaufdringliche Lichtchen, wenns schnappt.
Da sind die Happen und die Flaschen und da
geht das Ganze ungehindert weiter.
Auch im Schlaf oder Halbschlaf.
Bis die Zeit den Wecker ruft.
Was macht der Bundeskanzler spät nachts?
Rumort er? Ist er etwa unruhig?
Am besten, wir rufen ihn an. Fragen wies ihm geht
und was er macht. Er hat wohl auch kaum Ruhe.
Wie wir. Wir müssen uns mehr kümmern.
Um jeden. Sonst wissen wir ja gar nicht, was
eigentlich los ist und wo wir noch anpacken können.

Deshalb ist die Uhr rund.
Das hilft uns im Rundumdieuhrdranbleiben.

S

Schule

Schule im Dialog

- Bist in die Schule jegangen?
- Ja.
- Ick ooch.
- Ach ja.
- Und?
- Ja, da haste wat jelernt.
- Du ooch?
- Na, wat denn sonst.
- Sitzen und lesen. Dat haste ja kaum jekonnt vorher.
- Stimmt. Das Sitzleder und die Bücher.
- Ja, aber och die Zettel.
- Ick hab immer die Zettel verjessen oder verlecht.
- Haste eins hinters Ohr bekommen?
- Ne, ich habs vom Nachbar abjekuckt.
- Heut lachste drüber, wat?
- Na ja.

....

- Doch, jelernt haste allemal wat.
- Klar, sonst wärste ja nich in die Schule jegangen.

....

- Und all die Jahre, die de da abjesessen hast.
- Is schon lange her, dat mit der Schule.

....

(Handy klingelt. Die vielversprechende Konversation wird dadurch leider vorzeitig abgebrochen.)

Schule im Traum(a)

Was ist los im Schulzimmer?
Die Hölle. Wer weiß warum.
Fragen ist hier nicht das Gefragte.
Die Normalisierung. Um die gehts.
Der Umgang mit dem Schüler.
Der Vorgang Schule.
Der Eingang und der Ausgang.
Im Gange also.
Gang. Nichts mehr hat seinen Gang.
Verlorene Gänge.
Erster, zweiter, dritter.
Und dann Rückwärtsgang.
Alles hat seinen Gang.
Wie? Gangster? Die Schüler?
In den Gängen. Den langen.
Da spielt er sich ab. Der Druck.
Pressen und stressen. Nachgesessen.
Die Prüfungen vergessen.
Das Gefühl nicht losgeworden zu sein.
Das ist das Pulverfass.
Vornab die lange Zündschnur.
Und die unbeherrschte eilende Glut.

***

Blumen explodieren nicht.
Sie applodieren. Sind fröhlich und frei.
Haben die grüne Wiese und
das Träumen in der Sonne.
Haben Zeit. Abgeschnitten, geschenkt,
verwelkt, spielt keine Rolle.

Rollen werden keine gespielt.

Da ist Schönheit und Duft.

Dorthin zieht es uns.

Das Quälen und die Qual in der

Gangsterhölle verlischt.

Wir werden alle fliegende

Käferlein, und leuchten im Juni

und im November. Schwatzen

miteinander auf den Blättern oder

im Busch. Und dann fliegen wir weiter.

Und schlummern wieder ein.

Da sind sie weg. Die Bösewichte.

Und der Friede kommt.

Weht wie die Fahne im Wind.

Ach, wie schön.

Schwätzen

Schwätzen ist ein Wort, das in der Schulbank entstanden ist.

Niemand hat da von Unterhaltung gesprochen.

Dies, obwohl man weiß, wie grundlegend wichtig es ist für den Men-

schen, sich mit seinem Mitmenschen auszutauschen.

Das Schwätzen ist zwangsläufig zum Tuscheln degradiert worden.

Ungezählte Lehrer haben sich darob geärgert.

Heimlich haben Schüler in den hinteren Bänken

sich wichtige Dinge mitgeteilt.

Bis sie entdeckt wurden.

Gewissen Generationen hat man Tatzen verabreicht.

Das waren Hiebe mit einem längeren Stab oder einer Rute,

auf die flache, offene, hingestreckte Hand.

Eckenstehen war auch ein weit verbreitetes Mittel,

dem Geheimaustausch beizukommen.

Es ging fast ausschließlich um das allgemeine Schwätzen.
Sehr selten wurde gefragt, was genau gesagt oder
mitgeteilt worden war.
Aus mangelndem Interesse von Lehrerseite.
Man konnte mitunter der größte Schwätzer in einem Klassenverband
sein. Also mehr schwätzen als irgendein anderer.
Die Stillen waren die Braven.

Heute werden Lehrer verprügelt oder auch erschossen.
Schusssichere Westen und Alarmbereitschaft sind notwendig,
Messergefechte oder Schulschlachten nicht mehr auszuschließen.

Die Zeiten haben sich geändert.
Wie das alles bewältigt werden soll, weiß eigentlich niemand.

Alles klingt so todernst. Vielleicht müsste da manches
ganz anders gemacht werden. Sozusagen von Grund auf.
Man könnte zum Beispiel die Frage näher beleuchten, was die Anstalten Schule und Gefängnis unterscheidet. In beiden zahlt man
normalerweise nichts. Gratis das Ganze.
Die Kosten werden übernommen und beglichen. Man kann sich ja
freie Gefängnisse vorstellen, wo man bezahlt. Freie Schulen sind ja
meist auch besser als die unfreien.
Schulgeld. Die Schuld wird schuldenfrei abgesessen.
Weg von dem Anhäufen der Schulden!
Es kostet, mit der Eisenbahn zu fahren.
Es kostet nichts, in die Schule zu gehen.
Auch nichts im Gefängnis, die Zeit abzuhocken.
In beiden ist die freie Rede, der freie Austausch, unterbunden.

Schweinerei

Ich, das Schwein, ergreife das Wort.

Das war bisher nicht notwendig.

Nicht wegen der Not, sondern der Wende halber.

Der Mensch hat das Wort mitinkarniert.

Dem haben wir uns enthalten. Bis heute.

Für uns Schweine ist *ich* gleichbedeutend mit *wir*.

Abgrenzung liegt uns nicht.

Wir haben die Schnauze mittendrin, seit jeher.

Erschaffen wurden wir kurz vor dem Menschen. Uns zogs hin zu unserem Nachfahren, unter allen Umständen. Dass der Mensch zieht und schlächtert ist nicht unser Problem. Wir sind gefeit. Zwischen uns und Mensch wurde nichts erschaffen. Gottesrast war da nur. Nachher war der Hund an der Reihe. Von dem einen isst er täglich, mit dem anderen geht er spazieren. In leiblicher und seelischer Verbundenheit.

Doch der Sprung in die Schöpfung war in einem vorgesehen. Mensch und Schwein in einem. Doch kam es anders. Wir schlitterten voraus, ins Fleisch. Ärschlings. Wir haben da nicht so lange gezögert. Mensch hieß er und Schnem war unser Name. Umgedrehter Mensch.

Ei, ei, sieh mal einer an, sagte Adam und drückte unseren Namen herunter. Damit wurden wir zum Schwein. Und alles war vertuschelt.

Nun zur Wende. Wir wollen ein gemeinsames Fleisch. In Keule, Braten und Fett schleusen wir uns hinein ins Menschliche, gehen auf darin und zerfließen im Schweineglück.

Doch nun schlägt das Herz höher. Ein Herz und eine Seele! Das ist unser neues Ziel. Die Einheit.

Dass wir grunzen, ist nur Ablenkung. Dass wir schweinisch leben, ist artgetreu und vorgesehen.

Besser eingepflanzt als gegessen. Wir lassen uns deshalb klonen, wollen es so. Wo geklont wird, wird auch verschmolzen. Auf höherer Ebene. Nicht nur die vollkommene Nähe. Herz und Seele eins. Völlige Vereinigung steht bevor. Vor- und Nachfahre endlich beisammen inkarniert. *Das ist die wahre Schweinerei.*

Der Wendepunkt der Schöpfung. Geklont und herzhaft implantiert.

Nicht nur unsere Schenkel und Lenden, sondern endlich vereint im Herzen. Wir verschenken unsere Herzen. Donieren, um die Schöpfung wieder auszugleichen.

Verständlich, dass der Mensch mit seinem allernächsten Schöpfungs-gefährten ganz zusammen sein will. Hätte der Mensch nicht Schwein gehabt, wäre er auf den Hund gekommen. Hätte sich mit dem Hund vereinigt. Mit dem Nachfahren anstatt Vorfahren. Wäre durchaus möglich gewesen. In dem Letzteren hat er allemal einen innigen und treuen Seelenfreund, der ihn nie im Stich lässt. Der lässt sich aber nicht essen. Hunde schlachtet man nicht.

Gott hat ihn nachher erschaffen. Sozusagen als Ausweicher.

Wir Schweine freuen uns alle herzlich auf die gemeinsame Zukunft mit dem Menschen.

Jeder sollte sich in Zukunft ein Schweinchen halten und mit ihm im Park spazieren gehen.

Stamm

"Lasst uns uns besinnen!
Auf unsere wahre Abstammung."
Dann die Pause. Eine lange Pause.
So tönte es von der Kanzel.
Oder war es der Kanzler?

Es geht nicht um die Verzweigung.
Um den Baumstamm dreht es sich.
Und im nächsten Schritt:
um den Stammbaum.

Woher stammst du? Frage eins.

Von wem stammst du ab? Frage zwei.

Wie stehts mit deinen Stammzellen?

Das wird die Frage drei.

Mein Stamm. Nicht die Rinde, die Kruste.

Das was drinnensteckt ists.

Wer seinen Stamm genau kennen wird,

wird ihn anbieten können.

Nicht der bewusste, der unbewusste ist gefragt.

Was heute noch abgekratzt wird und mühsam

gezogen, wird bald vielfältig angeboten und gewählt.

Ein Ethischer Rat reicht da längst nicht mehr.

Sie sitzen und tagen rund um die Uhr und

praktisch in jedem Nest. Über- und Unterlingen,

Kotzdorf und Reinleben, Schwanenhöhe und Raufferdingen.

Alle erzeugen die kleinen Stämmchen.

Die Selbstzeugung wird rasch im Stammbuch registriert.

Jeder kann reingucken und bestellen.

Der Mensch wird wieder stämmig. Widerstandsfähig.

Mehr oder weniger unverletz-, unanfecht- und unansteckbar.

Ganz im Nu.

Alle werden wir die gemeinsame Abstammung erst

wirklich entdecken.

Der Chinese Ching Shuao wird bei Maiers in Salzgitter in der Stube

sitzen und die kleinen Plastiksäckchen austauschen. Mit den

gereinigten Stammzellen.

Rund um den Planeten entdeckt jeder,

was in ihm eigentlich steckt. Ganze Welten.

Ein ganz neuer globaler Sinn erwacht.

Frau Fuku Kaka im Vorort von Tokio sieht ihre

Stammzellen in den Ferien mal genau durch.

Und entdeckt ihre Liebe zu Tommy Persson in Malmö.

Das hat nichts mit neuen Rassen zu tun.
Das gibt den neuen Menschen. Und zwar aus den
Wurzeln des alten, selbst neu erschaffen.
Kein Wunder.
Heute haben noch viele Angst davor.
Morgen ist sie überwunden.
Weil alle Wunden geheilt.

Steuern

Jeder will. Und zwar selbst.
Ganz alleine. Hin zum Ziel.
Das Steuer fest in der Hand.
Stehend oder sitzend.
Das gibt Richtung. Führt hin.
Nach vorn.
Rückwärtssteurn ist unbequem.
Zurückgeschaut hat man selten mit Genugtuung.
Rückwärtssteuern ist mit Unbehagen verbunden.
Weil der Weg bereits beschritten.

Nun noch die andere Steuerung.
Die gegen den Willen. Von außerhalb.
Diese ist schwerer einzuplanen.
Sie läuft quer.
Mitunter von allen Seiten.
Rücksichtslos. Die Sicht geht verloren.
Und da regieren die Zahlen.
Alles Diktierte wird gezählt.
Und genau da wird der Mensch aus seinem Traum gerissen.
Ins Rechnen hinein wird er förmlich gezwungen.

Die schönen Zahlen werden hässlich. Unerträglich.
Weil sie gezählt und dann auch noch gezahlt werden müssen.
Daran kranken ganze Länder. Ganze Steuerhäuser brauchts,
um alle und alles zu steuern und besteuern.

Im goldenen Zeitalter, also vor der Sintflut, wurde verteilt.
Da gabs Verteilhäuser. Die große Aufgabe war,
den Menschen zuzuteilen.
Da hat man nicht genommen, sondern nur bekommen.
Und mit dem Bekommenen hat jeder gesteuert.
Sich und sein Schicksal. Und die Rechnung ging immer auf.
Der Überschuss wurde nämlich gleich wieder verteilt.
Wenig oder viel gab es da nicht. Es reichte. Und deshalb
war jeder reich. Im Gefühl.
Verarmung und Bereicherung enstand nicht.
Aus gutem Grunde.
Die Schuld kam nach der Flut. Mit ihr ist das Steuer aus der Hand
gefallen und untergegangen.
Der biblische Noah hatte bereits alles verloren.
Dass er ausfuhr, um das Steuer finden, verschweigen Bibel und My-
thos.
"Gut mit der Flut", sagte er. " Lasst es uns vergessen."
So ward er der Erste, der sich von außen steuern ließ.
Er wusste nicht mehr, wo's hinausgeht.
Geplagt vom Zweifel und der Schuld war er schwermütig.
Alles dahin. Das Steuer. Und die Freiheit.
Der Verlierer wurde Retter - biblische Notlüge.
Dass er aus Verzweiflung das Vöglein hinaussandte, war für die Be-
satzung völlig unbegreiflich. So was an Verwirrung und Ziellosigkeit
hatte man bis dahin nicht für möglich gehalten.
Von da an wurde geschwindelt.
Und die Steuern wurden plötzlich erhoben.
Das Übel war Faktum.

Und heute?

Na ja, jetzt tut sich schon was.

Es stürmt wieder viel. Es regnet viel. An allen möglichen Ecken.

Und noch mehr kommt. Dazwischen Dürren.

Die umgekehrte Flut ist auf dem Wege. Sie gibt uns das Steuer
wieder zurück.

Diesmal ohne Noah. Kein Mittler. Gott selbst sieht zum Rechten.

Vorher geht jeder unter. Nur kurz. Also kein Grund zur Panik.

Nicht wie damals.

Jetzt um sich das Steuer zu holen. Um wieder zu steuern. Selbst.

Und dann geht es von selbst. Und jedem fällt alles zu.

Und alle sind zufrieden.

Und unser Planet schlägt die neue Bahn ein. Wirft das Steuer herum.

Steuern wird der neue Job des Menschen. Vollbeschäftigung. Immer.

Strudel

Die Erfindung des Strudels wird im Raume Österreich vermutet.

Nicht der Strudel sondern das Wort Strudel.

Die Strudel haben etwas Ungeordnetes in sich.

Es geht gleichsam durcheinander, im Inneren des Strudels.

Das braucht gar nicht schlampig zu sein.

Eher eine bewusste, gewollte Schlampigkeit.

Nach außen hin hält er einigermaßen die Form. Drinnen eher wild.

Ein gezähmter Wilder. Dem Ausbruch und dem Zerfall nahe.

Doch eben weder ausgebrochen noch zerfallen.

Da war dann die Begegnung mit dem Apfel, der
sich abgeschält hat, sein Fleisch frisch leuchtend dem Strudel ge-
zeigt.

Worauf dieser sich verführen ließ.

So weit das Bildliche der Sache.

Wo der Apfelstrudel steht, finden Auge und Gedärm
die verlorene Einheit.

Alle Zweifel lösen Zunge und Gaumen.

Der Ganzheit halber könnte noch zum Teig etwas erwähnt werden.

Dem Ausgeplatteten.

Die Ursache für den Erfolg liegt im Verein von einerseits plattem Hinliegen, Ausdehnen und Ausgezogensein und andererseits dem paradiesischen Runden, Strotzenden (Apfel), der sich in die Falten hineinlegt. Die pralle Frucht im eingebetteten Umschlungensein.

Diese Vereinigung gibt die rechte Stimmung für den Volkskult im Café Austria.

Der Apfelstrudel sollte warm serviert werden.

T

Tanten

Tanten sind immer dabei.
Sie sind nicht so gebunden
wie wir gewöhnlichen Sterblichen.
Wenn Tanten von sich hören lassen,
hat man gemeinhin wenig Zeit.
Vor Tanten hat man eine unbewusste Angst.
Bis dann der ganze Kaffeklatsch losbricht.
Unter Tanten.
Tanten sind ohne Alter.
Egal ob dünn oder dick. Sie sind oft größer als die anderen.
Immer auch anders als die anderen. Auffälliger.
Sie verkörpern mehr die Zutat als die Tat.
Ihrer Klugheit verdankt mancher die erfolgreiche Lebensbahn.
Tanten greifen unbemerkt ein.
Ziehen an mehreren Fäden gleichzeitig.
Wohins zieht, wird von den Gezogenen selten gewusst.
Tanten haben großen Überblick und können voraussehen.
Wer mehrere Tanten besitzt, kann auf viele grüne Zweige kommen.

Hier ist von Tante Emma die Rede. Sie hat mir mehrmals geraten,
meine Geliebte aufzugeben und im Studium umzusatteln.
Auch von Geld war die Rede. Ich habe Tante Emma nie wider-
sprochen.
Das wäre gar nicht möglich gewesen.
Bis sie eines Tages gesagt hat, ich solle ihr die Fenster putzen.
Das muss ausschlaggebend gewesen sein.
Seither haben wir uns nie mehr gesehen.

Tele komm

Jeder Dummkopf weiß es.
Klickt die Knöpfchen, zippt mit und ohne Maus und weiß,
wie man die Bildchen einhamstert und rumschwipst.
Alles kam und kommt und wird kommen.

Verbraucher brauchen sich nicht zu kümmern, weil sie eh kommen,
von alleine. Die Bildchen, Recherchen und die kleinen Liebesbriefe.
Winzige kabellose Anhänger.
Die Anhänglichkeit beispiellos.
Immer da, immer verlässlich bei der Hand.
Auch nachts, wenn alles schläft.
Immer am Unterleib irgendwo versteckt, bis es kribbelt oder piepst.
Immer Händchen halten. Eine reine Freude.
Himmlisch. Weil es so unirdisch schwebt und unsichtbar strahlt.
Auch die Dümmsten können mitmachen.
Die runde Null und die gestreckte Eins. Das genügt.
Das vereint uns alle.
Man kann sich nicht mehr ungesehen zusammengaddern.
Kommt die Tele, so ist es aus mit der Tuschelei.
Abgelauscht, eingespielt und auch schon fein ätherisch gelagert.
Die Nullen und die Einsen.

Die neue Pädagogik ists. Jeder Null wird mindestens
eine Eins zugesellt. Die Nullen und die Einsen der Gesellschaft
erstmals Seite an Seite. Der neue Sozialismus verifiziert.
Endgültige Überwindung von Marx. Bewusstsein vor dem Sein.
Die Primusse gesellen sich zu den Nullen,
sitzen in derselben Bank und lösen alle Kernprobleme.
Das legt den Grund für die neue kommunizierende Gesellschaft.
Den neuen Kommunizismus. Telekomm Links.

Dankeschön fürs Kommen.
Geh nie mehr fort von uns, Tele komm.

Wiegenlied
Tele, tele, komm,
Null, eins, null.
Tele, tele, komm,
Eins, null, eins.
Komm, tele, komm,
Null und eins ist eins.
Komm, tele, komm,
Null und null ist null.
(Wiederholung bis Kind einschlummert).

Melodie durch den Verlag beziehbar.

Tier

Das Tier ist ein Mensch.
Endlich können wir die Wahrheit erkennen.
Bisher war die Frage falsch gestellt.
Ob nämlich der Mensch Tier sei oder nicht.
Ob das Tier oder der Mensch höher stünde.
Das Tier beschäftigt diese Frage nicht.
Es denkt sich nichts aus.

Nun haben Tierkenner die Tiere selbst befragt.
Und siehe da: Alle sagen, dass sie Menschen seien.
Wer hat Recht, wer nicht?
Hier die Antwort:
Das Tier verbirgt den Menschen.
Der Mensch offenbart das Tier.

Tölpel

Wer hat Angst vor Verblödung?
Wer nicht? Und warum auch nicht.
Der ursprünglich Blöde ist kaum zu retten.
Im Auge des Nichtblöden.
Die Nichtblödheit steht im krassen Gegensatz zum Blöden.
Gefunden wird da auch gegensätzlich.
Der Blöde findet den Nichtblöden blöde, und umgekehrt.
Der ist blöd. Die auch. Zwei Sätze, zusammengenommen: pauschal
blöde.

Doch nun zum Tölpel. Der kann nicht einfach ins
Blöde mit eingefasst werden. Da ist Unglück mit im Spiele.
Töl ist als Silbe schon eindeutig uneben, holprig und verschoben.
Das T tattert und gattert, tantert und tappt. Öl wirkt im Ausdruck
fließend und hinterlässt meist Klebrigkeit nach dem Fluss.
Also alles zusammen gibt den Vortakt zum Erlebnis des Entgleisen-
den.

Dass Tölp und blöd nur umgedrehtes Buchstabenfolgeverhältnis
miteinander haben, war bisher unbemerkt.
Abgesehen vom weichen und harten. Ein plöter Mensch
ist ja bislang noch undefiniert.
Ein blödes Tier gibt es nicht. Zu sagen:
Ein blöder Hund, ein blödes Schwein oder du blöder Wurm,
gibt kaum Sinn.
Das Tier ist immer gescheit. Jedes auf seine Weise.
Ein Pferd als Tölpel aufzufassen, wäre als schlicht blöde
abzuweisen.

Beim Menschen liegt alles völlig anders.
Da kann mit großer Genauigkeit der Mitmensch

Bezeichnungen erfahren, etwa von seinem Menschenbruder oder seiner Menschenschwester.

Dies als tieferer Grund angedeutet:

Weil der Absturz ins Gegenseitige den Menschen schon vieles gekostet hat.

Unter anderem die Würde. Denn würde der Mensch wieder würdig, könnte das Ganze mit dem Tölpel ganz anders aufgefasst werden.

Und sehr, sehr viele Verwechslungen würden in neuem Licht erscheinen.

Trübsal

Ihr gegenüber die Heiterkeit.

Trüb und heiter sind der wechselnde Lauf der Dinge.

Wies so kommt.

Ganz auf die Seele abgestimmt, ihr gleichsam ähnlich.

Dass dann dem einen ein sal zukommt, dem anderen jedoch ein keit, gibt zu denken.

Denn Heitersal und Trübkeit wäre schlechthin verdreht. Geben nicht dasselbe her.

Sal geht meistens ins Weite.

Keit ist ein verstärktes eit. Da sieht jeder sofort die Dominanz des ei.

Hei juchhe oder hei hopp sind fröhliche Silben. Im Ei verbirgt sich das Neue.

Weder das K noch das H kann dem dasselbige abtun.

Tanzt den Reigen, hüllt sich in Schweigen, spielt die Geigen - überall kommt was raus, früher oder später.

Ganz anders: sal. Da greift Ruhe ein. Waltet der Zustand ausgedehnt.

Denke man nur ans Salz. Gelagert in breiten Schichten.

Im Psalm hat sal zwei Stützen. Aber weder das P noch das M können die Langgezogenheit, die ruhevolle Tendenz, das Einschläfernde, aufheben.

Anzufügen wäre vielleicht noch, dass die Trübsal ja gänzlich unkörperlich ist.

Sie legt sich um die Brustgegend und kann längere Zeit wirken, aufs Fühlen.

U

Uhrzeit

Wie früh ist es?

Es ist nie zu spät. Darum früh besser als spät.

Spät ist ein negativ geladenes Wort.

Ungeeignet für die moderne Psyche.

Ein Volk, das ständig nach dem "wie spät" fragt,

kränkelt auf lange Sicht in der Seele.

Die Umstellung auch hier vonnöten:

"Du bist zu spät gekommen", wird nie mehr ein

Schüler zu hören bekommen. Allenfalls "nicht zu früh".

Dies wird wesentlich zur Reformation der Schule beitragen.

Die neuen Generationen werden sich immer als "früh"

oder höchstens "nicht so früh" erleben.

Ein positiver Stimmungswechsel wird die Folge sein.

Unternehmen

Unternehmen haben das Ziel, sich nicht zu übernehmen.

Deswegen unter. Der Unternehmer hält sich knapp drunter.

Zu viel unten jedoch führt zum Untergang.

Das ist das strenge Gesetz.

Vom Nehmen wird meistens wenig gesprochen.

Es wird einfach genommen - wo's geht.

Übernommen wird normalerweise nichts. Da sind zu viele Bedingungen.

Nehmen muss man direkt und sofort.

Im rechten Augenblick.

Und dieses eben geschieht unter der Oberfläche, überraschend.
Wenn das Unternommene schief gegangen ist, trennt sich der Unternehmer von diesem. Dann stehen Übernahmen ins Haus.
Wem es glückt, ein Unternehmen so zu übernehmen, dass es weder drunter noch drüber geht, der kann sich freuen.
Geben gibt es kaum noch. Gaben schon gar nicht.
Übergeben ist schon mit Aufgaben verknüpft.
Die Übergaben werden meist als uninteressantes Phänomen eingestuft.
Untergeben ist dann bereits als Niederlage zu klassifizieren.

Man sieht, dass unten und oben unser aktives Leben prägen.
Alle wollen von unten nach oben. Absinken oder untergehen keiner.
Diese große Aufwärtsbewegung ist die eigentliche Schöpfung des Menschen.
Das große Unternehmen.

Urzelle

Aus der Zelle das Leben.
In der Zelle angefangen.
Die Wahl ist relativ frei.
Die Zelle war immer Urgebilde.
Winzig, wenn man von der Elle ausgeht,
dem Unterarmknochen als Maß.
Das vorangestellte Z bringt die neue Dimension.
Ein Größenabgrund. Auf ihn stürzt das
Heer der Forscher. Aufsturz oder Absturz,
das ist die Frage.
Es geht um die Stammzelle. Ganze Stämme.
Die Urgebilde werden klargestellt und gereinigt.

Von der Erbsünde. Die Schöpfung war seit langem
beschmutzt. Vermischt und verunreinigt.
Da war die Vertreibung, die Austreibung und
der Absturz ins Menschliche. Dann die Zeiten der Abtreibung.
Nun ist der Baustein dran.
Ihm wird nahe getreten und uns allen die Wandlung verkündet.
Die böse Krankheit wird beseitigt.
Ein neuer Schauder.
Na ja, wo wir landen werden?
Die heilige Forschung führt uns zurück
in den Garten. Das Wiedersehen in Eden soll
noch in diesem Jahrtausend vollends durchgeführt sein.
Dann ist jede Stammzelle überflüssig.
Denn dort findet ein jeder seine Urzelle.
Und damit ist der Zyklus geschlossen,
der Ring aller Sagen und Mythen gehoben.

V

Verdrängt

Die D-Mark.
Das Volk muss zum Psychologen.
Nicht sofort. Nach Jahren, Jahrzehnten.
Weil sie wieder hochdrängt, die Verdrängte.
Sich meldet, aus der Tiefe.
Wenn es mit dem Euro schief geht.
Wenn der Euroschlamassel kommt.
Die Zinsverschreibungen, bis Null.
Wenn es panisch zugeht.
Die Ängste drücken.
Umgedreht das eurofische Glück.
Diese Massenbescheinigungen haben
einen Fremdling ins Haus gerufen,
ohne näheres Umsehen.
Unüberlegte Massenabfertigung.

***

Es ist eigentlich doch ziemlich wurscht,
womit die Löcher gestopft werden.
Das Loch gilt es im Auge zu haben.
Ohne Loch ist das Stopfmittel wertlos.
Denn: Barschein ist scheinbar,
ob Euro oder DM.

W

Wurst

Vom Würstel ausgehend
scheints zur Wurst nicht mehr weit.
Der Schein trügt.
Die eine ist kleiner, dünner und länger.
Die andere eher klumpig, kraftstrotzend,
für Großbeißer.
Wie viel Wurscht tatsächlich aufs
gesamtdeutschsprachige Brot jeden Tag gelegt wird, ist
nicht genau bekannt.
Man vermutet zweihundertachtzig Tonnen.
Wovon hundert in Bayern.
Zu sagen, das sei ja eh wurscht, wäre zu früh gesagt.
Die Wurst ist ein ungemein vertracktes
Durcheinander von meist rötlichen Weichteilen.
Dem Genießer eben gar nicht wurscht, welche Wurst
aufs Brot kommt.
Ob gestreckt, gerundet oder tellergroß - immer
unter Wurst geführt, wenns richtige Wurst ist.
Wurst ausgesprochen spricht sofort große Mägen an. Reizt.
Wurst wird auch sehr oft geschlungen und rasch hinuntergewürgt.
Mit der Brotmenge verschuckt, gibt es das schnelle Sattgefühl.
Die Zufriedenheit aller Dickbäucher und Siebenschläfer.
Auf die Wurst stürzt man sich. Es braucht kein unnötiges
Besteck oder Tischdecken oder sonstwie Stil.
Frei stehend, irgendwo, egal, wurscht. Raus aus dem Wurschtpapier,
dem etwas fein glänzenden, neuerdings wenig raschelnden, und ran
ans Maul, und ab der erste Happen.

Die Augen leicht verdreht vom schnellen Glück, bis zum zweiten, dritten Reißer. Dann kommt der Sauftrieb.

Das kühle Rinnen in den Schlund hinab, durch die Brust rieselnd und sprühend.

Ein herzhafter Rülpser, mit Genugtuung und Lächeln begleitet, dann ist die Situation auf weiteres gerettet. Das Gleichgewicht wieder hergestellt - zwischen Körper und Seele (sprich Gier).

Der Rest der Wurstschribbe oder Semmel ist eher unbedeutend, reiner Zeitvertreib.

Das Würstel hingegen, von dem anfangs die Rede war, verlangt da schon mehr Zierlichkeit, Haltung und Stil. Da wird rumgetüpfelt in Senf, Meerretich oder Tomatenketschup. Fein von den Vorderzähnen abgeknackst, genüsslich mehrmals invert verschoben und beklackst, beleckt und abgeschmeckt, eh dann nach hinten, elegant und unbemerkt, dem Schlund zum Abgleiten übergeben. Der Kehlkopfknorpel bleibt fast still. Deshalb können beim Würstelessen ohne weiteres Gespräche geführt werden.

Soll nun ja niemand kommen und alle Wurst
so unter einen Topf bringen wollen.
Da herrschen feinste Unterschiede.
Da ist nichts wurscht.

X

Axt

Die Axt müssen wir unter X anführen.
Jeder sieht, dass der X-Laut dominiert.
Hier können wir von der Redaktion in Absprache
mit unserer geehrten Frau Düdin
auch endlich mal Luft machen für die Idee,
Wörter nach ihrem wesentlichen Laut aufzureihen,
und nicht alles, wie bisher, auf den Wortanfang zu fixieren.

Nehmen wir doch einfach den Unterschied von Axt und Abt.
Die Axt haut entzwei. Der Abt eint (widerspenstige Mönche z.B.).
Also ist das X dominant in der Axt. Kann jeder nachvollziehen.
Brot vereint beim Mahl, Blut hält auch den Körper zusammen.
B ist nun mal ein einender Laut.

Dass Äxte entzweihauen, spalten und scharf sein können,
kommt jedem Holzfäller zugute. Die Schärfe ist aus dem
nachsteinzeitlichen Worte Ackete schrittweise hervorgegangen.
Das ck hat eben nicht die Schärfe des X.
Steinklingen waren dumpfer und der Hieb hat zwar zugespitzt,
aber kaum zerhauen, was wie gesagt der Axt eignet.

Den Fuchs könnte man keinesfalls Fux nennen,
weil er zu viel die Hühner anschleicht und nicht offen zuhaut.
Manchmal helfen solche Beispiele fürs breitere Verständnis
der Wort- und Lautursachenzusammenhanggesetzmäßigkeiten.

Namen wie Xaver oder Max müssen wieder ganz anders
verstanden werden.

Eines Menschen Name ist schließlich nicht Schall und Rauch.
Es kommt da ganz darauf an, was ein Mensch aus seinem
Namen macht.
Viele machen sich ja einen Namen. Selbst. Aus eigenem Anstoß.
Es wird kaum zu finden sein, dass Xaver und Max
sich ihre Freundschaft wegen ihrer X-e zerhauen lassen.
Im Menschlichen wandeln sich eben die Laute.

Y

Ypsilon

Vorsicht!

Ypsilon ist kein Wort. Nur dem Scheine nach.

Ein bloßer Buchstabe hat sich in die Wortfamilie eingeschlichen.

Kein anderes Mitglied des Alphabets hat sich so weit vorgewagt.

Dieses aus der Reihe tanzen war bis vor kurzem von allen und jedem akzeptiert.

Nun hat sich aber herausgestellt, dass das Ypsilon überhaupt gar nicht ins Alphabet reingehört. Ein Eindringling. Der sich nun heimisch fühlt. Sozusagen ohne Pass.

Von hinten hat sich das Ypsilon eingeschlichen und das X zurückgedrängt. Dies geschah, so weiß man jetzt, zu einem Zeitpunkt, da der Mensch der letzten Buchstaben im Alphabet noch nicht mächtig war.

Im Mittelalter hat bekanntlich eine Y-Epidemie unsere Sprache fast vernichtet.

Die sonst lustlosen Mönche hatten die Lust am Y-schreiben entdeckt. Sie fanden den gegabelten und nach oben gespreizten Buchstaben reizvoll.

Näher betrachtet ist auch das Y ein Fremdling. Der Laut kaum auszusprechen.

Ist auch in den Sprachanfängen gar nirgends vorgekommen. Hat das Ü übermannt und aus gewissen Positionen verdrängt. Mehrere Buchstaben fühlen sich seitdem unwohl.

Die Unruhe ist inzwischen bis zum P hin zu spüren. Die Gefahr besteht, dass neue Generationen das Schreiben und Lesen gar nicht mehr richtig lernen können. Auch im Sprechen wird das Stottern Platz greifen. Hier haben wir die Ursache.

Weil nun zu befürchten ist, dass das Ypsilon ganze Wörter wie ein Virus befallen wird, ist nun rasches Handeln vonnöten.

Synde, Kysse, Schyssel oder wynschen, um nur wenige zu nennen, werden vermutlich schon in diesem Jahrzehnt so verzerrt aussehen. Dann ist dem kaum noch Einhalt zu bieten.

Mehrzahl- und Steigerungsformen werden überhaupt nicht mehr möglich sein ohne dass das Y-Virus zuschlägt und ganze Wörter, wie folgt, demontiert: Hybsch sein, Kysse verteilen oder etwas Syßes zum Nachtisch bestellen. Der agressive Buchstabe muss wahrscheinlich vorübergehend in eine slawische Sprache eingeschleust und später umgekodet werden. Ein Wust von Konsonanten kann einzig diesen Herrscher isolieren und unschädlich machen. Die Osterweiterung ist daher zu beschleunigen.

Ob das aber gelyngen wird, daryber kann heute nychts ausgesagt werden.

Z

Zauber

Der ist vorbei.
Endgültig.
Die Erde bebt.
Vom Himmel schießt der Regen.
Und die Stürme toben.
Wüsten auf dem Vormarsch.
Dürre und Hitze nur ihre Vorboten.

Was ist los?
Wohin ist er verschwunden?
In die Seelen?
In den Schlund?

Folgendes ist zu tun:
Der Nacht ist zuzusehen,
wie sie sich vom Tag übermannen lässt.
Dem Tag ist zuzuschauen,
wie er im Beischlaf der Nacht verfällt.
Und dann?
Ja, diese Beobachtungen dürften
uns genügen, ihn wieder zu finden.
Den Urrhythmus. Den Zauber.

Zieglein

In der Uhr versteckt. Das war die Rettung.
Nicht unterm Bett oder in der Kommode.
Zur Türe hinaus war die Zeit zu knapp.
Raus aus dem Fenster zu auffällig.
Die Idee wars, die rettete, nicht die Uhr.
Die rettende Idee.

Wer hat nicht Ideen! Wie im Misthaufen
die Würmchen und Käferchen durcheinander krabbeln,
so ist es im Gehirn, dem schwabbeligen.
Jedes Hirn schwärmt in der Fülle.
Alles schießt hervor. Zu jeder Zeit.
Aber da ist der Zeitenordner, der die Idee einfängt.
Zur rechten Zeit ordnet er an. Und da hupft das
Zieglein schon hinein.
Es war immer schon mal drinne, in der Uhr. Beim Spielen.
Davon schweigt die Mär.
Die Mär sollte es aber schon sagen, so wie's nun wirklich war:
Das Zieglein war oft im Uhrenkasten und hat die Älteren geneckt.
Noch lange vor dem Wolf.

Siehe auch: Die 7 Geißlein (Band 7)

Eigene Wortschöpfungen